KB176686

나의 방식

김진숙 시집

오비올프레스

시인의 말

잊고 싶은 기억들
잃지 않으려고 붙잡고 산다

2023년 7월
김진숙

나의 방식

차 례

2부

3부

4부

발문

1부

나의 방식

북극 만년설 언저리에 사는 사람들은 화가 나거나 슬픔에
사로잡히면 그냥 눈 위를 걷는다 무작정 계속 걷고 또 걷
다가 그 마음이 다 사그라지면 긴 막대기 하나 꽂아놓고
돌아온다 그 방식 마음에 들어 머릿속이 복잡해지면 단구
동에서 태장동까지 걷고 또 걸어가 낯선 카페에서 아메리
카노 한 잔 마시고 버스 타고 돌아온다 나도 모르는 나를
놓고 오는 나의 방식이다 서해바다가 통째로 붉을 때 동해
바다를 잊는 방식도 좋다

비 오는 영월

비가 온다는 문자를 받고
영월에 도착한 저녁 무렵
비는 계속 내렸고 거리는 한산했다
얼마 만인가 내심 반가운 풍경은
많이 변해버린 옛 친구처럼
낯설고 친숙했다

잠깐 피었다 지는 꽃같이
한 시절 산 영월은
한 번으로 끝나지 않은 인연

남은 저녁들 불 밝히고
흠뻑 젖은 이팝나무 비를 털 때
이팝꽃 하얗게 수놓던
비 오는 영월은
오래전
먼 그대였다

여기서 봄을

밤사이 비가 내린 아침이었다
찬바람이 들어와 화초들 안부를 묻는다
고무나무 새잎은 눈을 가늘게 뜨고
바이올렛 꽃망울은 고개를 살짝 들고
팽팽하게 바람을 들이마신다

방향을 잘못 잡은
먼나무 가지들 싱싱하다
어릴 때 가지와 새순을 쳐줘야
제대로 자란다는 걸 알면서도
그냥 두기로 한다
모양보다 자연스럽게 자라는 화초들이
여기서 봄을
오랫동안 볼 수 있다면
마음대로 뻗은 가지는 아무래도 상관없다

칸나꽃 피다

어쩌겠는가
네가 좋아하는 커피라서
나도 좋아하기로 했다는
눈먼 사랑을
몇 시간을 같이 있어도 좋다는
끓는 마음을

활짝 핀 칸나꽃
오래 들여다봐도 설레고
알 수 없는 두근거림
너를 보는 것만으로
족하다

절정에 이른 사랑과
강렬한 빨강

사랑하는 이유는 수만 가지다

오전 열 시

나는 커피를 내리고
고양이는 다육이 꽃대 뭉개고 앉아
고상하게 창밖을 보고
수더분하게 잘 자라는 화초들도
일제히 창 쪽으로 길게 이파리 뻗어
살 궁리 하는
아무것도 아닌 것 하나 없는
모든 것이 의미로 온 풍경

온갖 새들도 평안에 드는 동안
다급하게 울어대는 뻐꾸기 소리에
졸고 있던 고양이 실눈 뜨고
갸릉갸릉 따라 운다

솔솔 들어오는 여름 냄새
초록 물결 넘실거리고
쏟아지는 햇살에 빛나는
여름의 장면은 총천연색이다

거의 다 왔다고 하는 것

남도 여행하고 돌아오는데 고속도로 전 구간이 정체다 떠
나 온 만큼 가야 하는 길이니 지체와 정체도 여행이다 긴
자동차 행렬을 따라 지역의 경계를 지날 때마다 나오는 이
정표를 읽으며 간다 잠깐 차창을 열어 바람을 들인다 겨울
풍경이 허허롭다 발라드, 올드팝송을 번갈아 틀고 흥얼거
리며 흘러가듯 간다 어둠 속 마을의 불빛은 따뜻하다 집으
로 돌아올 때마다 안도하는 나만의 지점이 있는데 그곳에
가까워지면 긴장이 풀리고 일말의 불안이 사라진다
어디쯤 왔냐는 너의 문자에 거의 다 왔다는 답을 보내고
눈을 감는다

좋은 날들 어디에 흘리고

눈멀고 귀먹은 나이 되어
방구석에서 꾸덕꾸덕 말라가는 걸레처럼 될까 봐
시끌벅적한 밖으로 나왔지
저것 좀 봐
모두 한 번씩 날 쳐다보잖아
치매 걸린 노인 취급하면 어때
내가 살 것 같은데

아직 쌀쌀한 봄날
가슴에 붉은 꽃 달고 거리에 나온
코와 귀가 발갛게 언
노인의 혼잣말 들으며
좋은 날들 어디에 흘리고
나는 간다
길 건너 세워진 자전거 위에
피어오르는 아지랑이 너머로

눈 내리는 밤

오랜만에 찾아간 단골 술집에서
늘 앉았던 구석 자리에 앉아
시간 가는 줄 몰랐다
눈이 내린다는 여주인 말에
이차는 창가 자리에서 하기로 한다
그새 눈이 많이 내려
불빛 잠긴 풍경마저 하얗게 덮었다
아무도 밟지 않은 눈길에
사람은 발자국을
자동차는 바퀴 자국을
바람은 바람의 발자국을
수없이 자기를 찍으며 간다
차양 없는 가게 입구에
목화솜 이불인 양 눈을 덮어쓴
길고양이가 졸고 있다
꿈속에서는 따뜻한 난로 앞이길 바라는
슬프고도 아름다운
눈 내리는 밤이
점점 눈 속에 파묻힌다

민들레 좀 봐

입동 지나고 바람이 찬 날
햇빛이 천천히 꽃속에 들어가서
너를 깨웠을까
풀썩 주저앉은 코스모스 더미 밑에
활짝 핀 민들레
마른 잎 속에 혼자 깨어 있다
이제 계절 없이 피는 것은 흔한 일이지만
식은 햇살 한 줌에
피워올린 꽃이 겹다

갑자기 여행을 가자는 너에게
적당한 때를 기다리자고 하자
마음 내켰을 때가 최적이라 했지
너무 이르거나 너무 늦지 않게
제때를 맞추는 건 쉽지 않을 일이다

때 늦게 핀 민들레 다짐은
죽지 않고 살아남아
씨앗을 겨울바람에 멀리 보내는 것이었을까

어제보다 오늘

삼십 분만 더 있다 가기로 했다
한파주의보가 내린 아침이었다
두 번째 커피를 내려 마시며
낮에는 기온이 조금 오른다는
뉴스를 본다
고양이 마사지를 해주고
오늘의 시를 읽고 집을 나선다

바람이 매서운데 어린 고양이 한 마리가
나무 아래 웅크려 앉아 울고 있다
털은 뒤엉키고 비쩍 마른 고양이 상태가 꽤 심각해 보였다
추위에 떨고 있던 고양이 생각에
온종일 마음 불편했다

고양이는 아홉 번의 생이 있으니
다음 생은 축복받으며 태어나길 기도해주라는
당신 말이 생각났다
한낮에도 어제보다 오늘
뚝 떨어진 기온은 쉽게 올라가지 않았다

아야진항에서

바다가 잘 보이는 곳에서
하룻밤 묵었다
잠은 오지 않고
끊임없이 들려오는 파도 소리가
내 속을 긁는다

어둠 속 바닷가로 나간다
젊은 연인이 불꽃놀이 중인 해변에서
멀리 밤바다에
삶이 켜놓은 불빛을 오래 바라본다
만선을 꿈꾸며 삶이 출렁거린다
밤바다가 더 이상 감성적이지 않고
밀려오는 파도가
어디에서 시작하여 해변에 닿는지
알 수 없다
해변을 걷는다
부질없는 꿈을 높은 파도에 던진다
맨발에 전해지는 온기로
족한 밤이다

열려 있는 방

누군가 바닥을 치더니
마침표를 찍고 새로 시작한다
아무에게도 보이고 싶지 않은
바닥이 드러나자
숨죽인 소문을 정면으로 마주하고
서로의 모순을 인정한다

일어날 일은 언제든 일어나고
나에게 너무 가까운 일이다
알 수 없는 불안의 기원을 찾아
침잠하는 저 바닥 끝에
깊숙이 중심을 숨겨둔
열려 있는 방이 있다

청평사

초파일 지난 대웅전 앞마당에 가득한 연등

좌판 걷듯 떼어내는 광경에 합장

저마다 소원 성취하시기를

대웅전 앞마당 정갈한 비질 자국에 합장

우글우글한 잡생각 쓸어내시길

법당에 마음 들여놓고 회전문을 보니

들어오고 나가는 문은 하나

살아 있음도 하나다

삶의 바깥이 따로 있을 수 없다고

부처님 전에 삼배한다

극락전에 오르는 돌계단에서 문득 온 생각

보이는 세계는 무엇이고

나는 어디로 가는 걸까

풍경 하나

아파트 단지 안에 주차한
택배차 짐칸이 활짝 열려 있다
훤히 드러난 택배 상자들
주인 기다리는 강아지처럼
얌전히 밖을 내다본다
배달 간 기사는 오지 않고
길고양이 한 마리 차 밑에 앉았다
바람이 쉴 새 없이 드나들고
햇살은 가만히 상자에 앉는다
열려 있는 짐칸을 슬쩍 보며
무심한 척 지나가는 사람들
조용히 택배 상자를 지킨다
가을 하늘은 깊고
기사는 세상 모든 믿음을 부려놓고
아직도 배달 중

반곡역 벚꽃은 늦게 핀다

아침에는 몽우리였던
통일 사거리 벚꽃
거짓말처럼
한나절 만에 활짝 피어
거리는 온통 연분홍빛이다
나무가 몸속의 꽃을 밀어내
한꺼번에 품어져 나온 벚꽃은 꿈같고
공간 이동한 듯 어지럽다
막 피어난 꽃송이와 눈 맞춤하다가
반곡역 벚꽃 보러 간다
역사 앞에 나란한 벚나무는
눈곱도 떼지 않은 꽃 몽우리를 품은 채
아직이라 한다
벤치에 앉아 터지기 전 꽃망울 보는 봄날
기차는 떠나가고
반곡역 벚꽃은 늦게 핀다

대서

복례야 수술한 무릎은 좀 어떠니?
분순이는 풍 맞은 남편 챙기느라 꼼짝 못한대
그려그려
이제 우리 셋만 남았는데
살아생전 꼭 만나야지
귀 어두운 영자 할머니
큰 소리 통화가 공원에 울립니다
바람도 없는 그늘에서
얼굴에 흐르는 땀인지 눈물인지를
연신 훔칩니다
만날 수는 없어도 약속이 있습니다
매미가 울어대는
공원에는
배롱나무꽃이 한창입니다
꽃말은
떠나간 벗을 그리워하다 입니다

이월

작은 상자 안에 들어가 몸을 접고 있거나
해먹에서 햇볕 쬐며 졸고 있거나
앞발을 턱 밑에 넣고 가만히 엎드려 있는
고양이를 바라보면 포근하다
그런 고양이를 어루만질 때
고롱고롱 대는 소리는 편안하다

겨우내 잠자던 만천홍이 꽃대를 올렸고
생강나무는 화병에서 꽃을 피웠다
베란다에서 한파에 몸서리쳤던 화초들이
본능으로 창을 향해 가지를 뻗는다
진하게 내린 커피를 마시고
듬성듬성 눈 쌓인 공원을 산책할 때
찬 바람과 등을 감싸는 햇살이
겨울인 듯 봄인 듯하다

언덕에 대한 생각

들을 수 없는 아들은 종소리가 보인다 하고
종소리는 보이는 게 아니고 들리는 거라고 엄마는 말한다

글을 모르던 엄마는 한글을 배워서 요절한 아들의 시집을
필사하고
시에 나오는 언덕을 찾기 위해 아들의 모교를 찾아간다
그곳에서 아들의 흔적과 그를 기억하는 사람을 만나고
풍경을 담는다
매미가 울어대는 벤치에 앉아 귀를 막고 소리를 본다
종소리가 보인다는 아들 말을 이해한다
엄마가 집으로 돌아가는 언덕길을 오르며
러닝타임 24분
그 언덕을 지나는 시간은 끝났다

살구꽃 벚꽃이 다르고
전나무 구상나무가 다르고
산수유꽃 생강나무꽃 다르듯이
너와 나의 언덕은 다르지

숨겨진 무언가를 찾으려는

힘 빠진 너의 등을 보면서

미움도 늙는구나 생각했지

비빌 언덕 없이 평생을 살았다는 너에게

기댈 수 있는 언덕이 되려고

그만 내려가자고 했지

2부

모습

낡은 울타리 대신 개나리가 피어있는
오래된 협동빌라 가동 앞뜰에서
할머니가 강아지를 안고 있다
서로의 마음이 얼마나 애틋한지
배와 등을 맞대고
하염없이 앉아 있다

노을을 보려고

정방사 해수관음상 앞에 섰다
겹겹의 산 능선과
청풍호에 번지는 수만 가지 색채는
또 다른 세계였다

피렌체를 둘러보는 중에
해가 지고 있었다
가이드는 피렌체 노을이 진리라 했다
산 조반니 세례당의 세 개의 문중에 하나인
천국의 문은
노을 속에서 더 번쩍거렸다
문 앞에 바싹 서서 사진을 찍고
오래 바라본
금박 부조로 새긴 황금빛 천사들은
닿지 못하는 세계였다

시시각각 변하는 노을에 빠졌는데
비가 올 듯하니 그만 내려가라는
스님 말씀에

노을 잔상을 안고

가리파재를 넘어올 때

비 찔끔

내렸다

이맘때

밤이 깊었습니다
바람을 쐬려고 창을 여니
짙은 아카시아꽃 향기가 들어 옵니다
새삼 오래된 기억이 떠올라
깊숙이 넣어둔 처음을 꺼냅니다

이제 우리는
백발이 되었습니다만
아카시아꽃 향기는 한결같습니다
지난날의 기억은
서로 다르게 오기도 합니다
이맘때 당신의
기억은 무엇입니까?

상강 무렵

수타사 원통보전 뒤 숲속에
붉은 단풍 기대했는데
이른 서리가 내린 탓에
푸르죽죽한 단풍만 보고 돌아오는 길
수타사 구경하고 송어회 먹고 가요
라고 써놓은 식당 앞에서
코스모스 몇 송이가 위로한다

훤히 드러난 논바닥
피기도 전에 얼어버린 국화무더기와
서리맞은 배추밭 풍경이 서늘하다
길을 나서고야 계절 가는 것을 본다
그 와중에 제대로 물든 당단풍나무 하나
이방인처럼 환하게
늦가을 지나는
나를 배웅한다

내소사

일주문을 들어서니
각자 다른 방향으로 일렁이는
조금씩 다른 농도의 초록들이 장관이다
전나무 단풍나무 길도 기껍다
천왕문에 들어서서 마주한
비 맞은 내소사 전경 묵직하다
잠시 천 년 된 느티나무 앞에서
젖은 걸음들 향하는 봉래루를 바라본다
저곳을 통과하면 대웅보전
선뜻 들어가지 못하고
낯선 세계와의 통로를 생각한다
안과 밖 구분 없는 문으로
계절이 들어가고 우산이 들어간다
나도 슬며시 들어가 기도하고
돌아 나오는데
나뭇잎에 맺힌 빗방울들
툭 툭 어깨를 친다

초여름 비는 차다

우수 지나고

살아가는 일은 자연스러운게 아닌 듯
연결고리나 그물망이 있어서
봄을 맞이하는데도 마음 준비가 필요하다

아침에 본 제라늄 꽃망울은
먼 길 온 애인처럼 눈부시게 예뻤고
이른 봄볕에 시간 멈춘 난(蘭)은
오래 산 부부처럼 고맙고 짠하다
살아 내야 하는 이유와
돌아가는 이유는 같은 것이니
만남과 이별이 담담하다

겨울이 책 표지였다면
이월은 속지 같아서
한 장씩 넘길 때마다
바람과 햇살에 미세한 부드러움이
펼쳐지는데
우수 지나고
추신으로 날리는 눈송이가
세상 감미롭다

모으다

대부분 카페에는 도장 쿠폰이 있다 보통 열 개의 도장에 커피 한잔을 무료로 주는데 쿠폰을 가지고 다니거나 혹은 카페에 두고 사용하기도 한다 아이는 별 추가 적립을 위해 종종 내게 나이트 콜드브루를 사준다 미용실도 도장 쿠폰이 있고 숙소도 다섯 번 이용에 한번 숙박비가 무료인 쿠폰이 있다 학원에도 성적 오르는 쿠폰을 만들어서 적립조건에 충족하여 도장 열 개가 되면 치킨을 선물하는데 치킨도 먹고 뿌듯함이라는 동기부여가 된단다 쿠폰의 목적은 모으는 것이다 생계가 걸린 주인들이 많은 손님을 모으기 위한 궁리이고 할인 받으려는 손님의 궁리다 오늘은 카페에서 쿠폰을 생략하고 과테말라 안티구아를 주문하기로 한다

오래

앞다퉈 피어나는 봄꽃들과
어디선가 날아온 노랑나비 한 마리와
죽은 줄 알았던 앵두나무에 돋은 새잎은
오래 기다렸을 것이다

봄볕에 앉은 마른 꽃잎 같은 노부부와
우두커니 서 있는 단풍나무에 매달린
지난해 나뭇잎들
오래 견디며 자리를 지켰을 것이다

각자 아름다운 시간을 챙기고
연둣빛 번지는 봄날을
오래 바라볼 것이다

너도
그렇게 바람결에 날리는 먼지처럼
생각을 멀리 보내고
오래오래
웃는 날이 올 것이다

열대야

자리에 누웠는데 잠이 오지 않는다

잃어버린 강아지를 찾아주면
사례비를 주겠다는 주인의 사연에
차라리 그 돈으로 강아지를 새로
사라는 무례한 답글을 읽다가
베란다로 나간다
말이 흉기가 되어버린 밤이
무덥다

개미는 사랑초 꽃대를 타고 오르고
오토바이가 소리치며 지나간다
공원에서
요란하게 울어대는 매미 소리와
사람들 웃음소리와
컹컹 개 짖는 소리가 들린다
밤이 고요하다는 생각을 버린다

같이 잠 못 드는 밤이

깊

어

간

다

사과를 먹으며

늦은 가을날
흠집 있는 사과를 싼값에 한 상자 사 왔다
그 속에서
상처가 덜한 것과
더한 것을 따로 놓고
나는 상처가 더한 사과부터 먹자 했고
남편은 상처가 덜한 사과부터 먹자고 했다

사과를 먹으며 생각한다
긴 겨울 보내고
싹을 틔우고 꽃 피우고 열매 맺어 영글기까지
견딘 사과의 시간을
흠집으로 상품 가치에 밀린 사과처럼
타인이 정한 기준에 상처받은 것들을

영하 1도의 가을 아침

밤새 보일러를 틀어놓고 잔
이른 아침
단풍 같은 얼굴로
불쑥 집에 들어선 아이가 말했다

갑자기 집밥이 너무 생각나서요

썰렁한 아침 시간은 따뜻하게 흐른다
아이는 밥을 먹으며
식탁에 오른 고양이를
어루만져주다가 떠나고
뒤숭숭한 꿈 얘기와
벌써 살얼음이 얼었다는 노모 전화에
공연히 심란해져서
창밖 풍경을 본다
단풍 사이로 푸른 잎이 보인다
물들다 만 나뭇잎은 어떻게 될까

부모는 번번이 자식에게 흔들린다

누리다

지구 곳곳에서 심각해지는 기후변화에 따라 앞으로 구하기 힘들어질 음식에 커피도 거론된다는데 커피 한 잔 값도 부담되는 날이 올까 싶다 언제부터인가 필수품이 아닌 것을 살까 말까 망설일 때 커피 한 잔 값과 혹은 원두 백 그램 값에 견줘 지출하는 버릇이 생겼다 드립커피를 마시기 시작했을 때 밥 한 끼 보다 비싼 커피값에 주저했고 아깝기도 했던 처음 그 마음은 잠깐, 점점 더 좋은 커피전문점을 찾아가고 좋은 원두 사는 사치를 누렸다 카페 봄볕에서 곤히 잠든 골든 리트리버를 바라보며 마시는 커피 한 잔은 둥근 마음으로 퍼져나가는 꽃향기다

떠나는 것을 위하여

눈부시게 빛나던 단풍잎들
쓸쓸하고 아름답게 떠나네
나뭇잎 떨군 나무
바람 핑계 삼아 우네
잊지 않겠다고
빈 가지를 흔들어주네

십 년 넘게 함께했던 강아지 떠날 때
모든 일 제쳐두고 곁에 있어 줬다고
너는 말했네

떠나는 것을 위하는 일은
나를 위하는 일이기도 해서
고맙고 미안하고 기특한 마음
다 안다는 듯이 배웅하고
서둘러 돌아서야 하네

말

말끝마다 날을 세운 사람 때문에
오랫동안 상처받은 너에게
제각각 크기가 다른 말 그릇이라
어쩔 수 없다고 섣부르게 위로한 날
내 말이 새처럼 날아와 파닥거린다
그 헤아림이 마음에 내려앉아
말의 무게와 깊이를 콕콕 쪼아댄다

수변공원

수변공원에 연둣빛이 넘칩니다
뛰어노는 아이들과
어린잎에 햇빛이 쏟아지고
조팝꽃 산당화 철쭉 환하고 환합니다
색과 소리가 어우러진 풍경은
당연한 일이 아니었습니다
봄 다시 왔습니다
가야 오는 순리입니다
아이들 재잘거림과 인사가 오고
생기가 오고
저마다의 마음처럼
비눗방울이 살랑살랑 날아갑니다
치악산 능선으로 연두색이 올라가고
시를 말하고
풍경을 함께 읽는 시간에
오래 견디고 올라온 풀 깎는 소리
들려옵니다
사는 건
견디는 일이라고 웅웅거립니다

장마

오래 내리던 비 그치고 우유 한 팩 들고 고양이 있는 곳으로 간다 팅팅 불은 사료를 바라보는 어미고양이와 새끼고양이가 흠뻑 젖은 채 경계를 두르고 있다 젖은 사료를 쏟아내고 우유를 담아주니 조심조심 다가온 새끼고양이 콧잔등에 묻혀가며 허기를 채우자 어미고양이가 남은 우유를 순식간에 비운 후 연신 입맛을 다신다 우유를 충분하게 준비하지 못해 미안했다 다시 또 몰려오는 먹구름에 어미고양이가 새끼 목덜미를 물고 축축함을 가로질러 공원 쪽으로 간다 그새 참지 못하고 작정한 듯 쏟아지는 빗속을 천천히 가는 고양이 걸음이 견고하다 빗소리가 아우성인데 비 그을 정자는 멀고 멀다

겨울비

바람이 불고 비가 내린다
커피를 내리고
고양이를 쓰다듬는 아침
밤새 나무에 매달려 부스럭거리던
마른 나뭇잎이 젖고
뒹구는 낙엽이 젖는다

매일 마음이 지옥이라는 당신에게
침묵도 위로의 방식이라고
보내지 못하는
문자를 쓴다

겨울비가 내린다
나뭇가지에 매달린 빗방울이
눈물처럼 뚝뚝 떨어진다

배경

보제루와 설선당 사이로 올라가니
고즈넉한 김룡사 대웅전 앞
모란꽃이 눈에 들어온다
꽃을 들여다보는데
마침 차 마시는 중이라고
보리차를 내주시는 비구니 스님
툇마루에 앉아 차 마시며
중정에 있는 두 개의 노주석을 본다
흔히 대웅전 앞에 있는
석등과 석탑은 보이지 않는다
그때
중정으로 들어선 여행객 한 팀
대웅전 앞 계단에 자세 잡고 앉아
배경 잘 나오게 찍어달라며
핸드폰을 내민다
단정한 대웅전 앞 모란은 붉고
사람들 표정은 활짝 피었다
나는
김용사에 오게 된 배경을 생각했다

3부

흔치 않은 일

내 전 재산으로
뒤뜰에 오래된 벚나무가 있어
봄을 열면 뒤란이 눈부신
집 하나 마련할까 해
전속력으로 자라는 꽃과 잡초에 가려
내가 살고 있는지도 모르게
여름 보내고
가을날 창가에 기웃대는 구름과 햇살 들여
서로 문법을 나누며
계절의 모서리를 채우며 살아갈까 해
잠 못 자면 하루가 끝난 것 같지 않은
겨울에는 온종일 생각을 끓이며
몽상가로 살다가 사라질까 해
흔치 않은 일이지만

시를 읽다

오전 내내 쓴 시를 정리하고 남은 것은 달랑 두 줄이다 이
쯤 되면 다 버리는 것이 맞는데 그러지 못하고 남은 두 줄
펼쳐놓고 오지 않는 문장을 기다리며 시아의 시를 읽는다

일주일 내내 어떤 시를 써야 할지 고민하며
차라리 밥상 메뉴를 고민하는 일이면 좋겠다고 생각했다
시 쓰는 일은 밥 짓는 일과는 다르다는 생각
나는 감성을 길어 올린 맑은 시 한 편 차려놓고
빠르게 변하는 세상의 속도와
새것과 낡은 것의 공존을 지켜보기로 한다
살다 보니
감정 없고 군더더기 없는
인공지능이 쓴 시를 읽는다

상수리나무 아래

사과 가득 실은
트럭 한 대 꼼짝 않고 서 있고
상수리나무 아래 차 주인
자리 잡고 앉아 잡지를 뒤적인다
언뜻 보면 소풍 나온 사람 같은데
그새 졸고 있다
고단한 모양새다

도토리 몇 알 툭툭 떨어지고
나뭇잎 흔들릴 때마다
그늘도 조금씩 움직이는데
남자는 죽은 듯이 자고 있다
상수리나무 아래
사과 향 그득한
그의 방 하나 있다

봄눈이

내린다
앞을 가리며
펑펑 쏟아진다
비현실적이다
저희들끼리 부딪히며
꿈속인 것처럼 온다
마음속에 숨어있던 그리움처럼 온다

잎 없는 나무에 수만 송이 꽃이 피고
만개한 매화 위에 눈꽃이 피고
웃음꽃이 핀다

너에게
눈을 보내는 동안에도
쉴 새 없이 내린다

나는
동해를 지나 포항으로 가는 중이다

벚나무 정류장

모서리 녹슨 정류장 표지판만 달랑 있는
그마저도 나무에 가려 눈에 잘 띄지 않아
도착한 버스도 스쳐 지나갈 것 같은
느릅 사거리 버스정류장에
오래된 벚나무 한 그루 있다

하르르 꽃잎 날려주다가
꽃진 자리 이파리로 그늘 내놓고
꽃만큼 고운 단풍잎 지면
앙상한 나뭇가지 사이로
햇살 받아 펼쳐놓은 채
우두커니 혼자 기다리고
기다리고 기다리는 벚나무 정류장
혹시
오로지 벚나무 앞에만 정차하는
백번 버스를 타시려거든
권하고 싶은

가을이 오면

이렇게 살아도 되는지 모르겠다는 말에
어디든 떠나자 했다
생각이 많을 때는 풍경이 좋고
별일 아닌 것에 눈길 주면
어긋난 마음들이 자리를 찾는다고

덜컥 집부터 나선 길에
다투어 핀 색색의 과꽃을 만나
눈길 주고받으며
한참 앉아 있었다
마침 벌 한 마리가 꽃송이 속으로
들어가려 애쓰고
과꽃은 가만히 겹겹의 꽃잎을 내주고 있다
마음에 길을 내려고 애쓰는 너를
잘 달래서 돌아오는데
아침에 무심코 흥얼거렸던 노래가
자꾸자꾸 맴돈다

어떤 하루

저수지에는 햇살을 받아 퍼지는 윤슬이
부드럽게 반짝이고 있었다

가장자리에서 가운데로 물결 스치며
새떼들 날아갈 때
저수지에 잠긴 산 그림자가 순간 출렁거렸다
마치 하나로 연결된 줄을
누군가 잡아당기는 것처럼

나는
한꺼번에 비어가는 십일월 풍경 속에
그냥 서 있었다

오래 기억할 수 없는 하루다

여름날의 뒤란

노간주나무 울타리가 빼곡하고 넓은 마루가 있던 여름날의 뒤란은 가끔 들춰보는 흑백사진이다 고향에서는 뒤뜰을 뒤란이라고 한다 노간주나무 울타리 밑에 돌담이 있고 푸른 그늘이 자라고 잘 익은 고야, 포도의 달콤한 냄새가 고여 있었다 새가 노래하고 나는 피리를 불던 맑은 시절이었다 온갖 꽃으로 환했던 앞뜰보다 마음이 더 가는 친구요 유년의 여름을 모아놓은 보물상자였다 비 오는 날 함석지붕을 때리던 빗소리 난타와 비바람에 푸르르 일어선 나뭇잎 풍경이 지금도 선명한 여름날의 뒤란은 마음의 고요였다

입춘

오랫동안 소식이 감감한 아들
혹시 이번 설날에는 오려나
애달픈 당신에게
양안치 눈길을 걷자고 했다
날씨는 좋은데 바람이 차다
사각사각 눈 밟는 소리 따라오고
산새 소리 바람 소리가
같이 걷는다
맑은 하늘을 보며
어디엔가 조용히 깃들어 있을 너를 생각한다
이왕이면 둥글고 따뜻하게 살다가
때가 되면 오는 봄처럼
그렇게 돌아오길 소망한다
눈길은 끝이 보이고
당신의 기다림은 끝이 없다지만
기다림이 희망이 되기도 하니
당분간 봄기운만 받으시라고
얼음 속 물소리 들으며
봄 마중했다

커피를 마시며

퇴직을 앞둔 남편과 정원을 잘 꾸며 놓은 카페에 갔다 앞
서 퇴직한 동료들은 이런저런 취미생활과 소일거리로 시
간을 보내는데 본인은 딱히 하고 싶은 일이 없단다 휴식에
도 계획이 필요한 일 당분간 둘레길 산책하고 계절 꽃구경
도 가고 가끔 좋은 곳에 가서 맥주 한잔 마시며 소소하게
살자고 했다 살아 온 습관이 하루아침에 바뀔 리 없다는
잘 알고 있다 정원에서 아기와 놀아주는 엄마의 아찔한 스
키니 차림에 시선을 돌린다

낚싯대 펼쳐놓고 시간 낚는 것도 괜찮고
햇빛 부서지는 캠핑장에서
자연을 벗 삼아 사흘쯤 지내다 와도 좋은데
혹여 시간을 같이 보내야 하는 건 아닐까
나는 걱정을 하고
남편은 많은 생각을 쌓았다 허물며
커피를 마신다

십일월

밤새 바람 소리에 뒤척이다 일어나
햇살 퍼지는 광장을 가로질러
근로계약서 쓰러 간다
계약이 끝난 나뭇잎들은
봄을 기약하며 떠나고
한 계절이 계절에 스며간다

시장바닥에 차려놓은
호박 상추 콩나물을 지나고
음식 냄새 가득한 골목을 빠져나와
갓 구운 빵 냄새 지나쳐서
근로계약서에 서명하러 가는 길
바람이 스산하게 분다
사는 일은
지나가고 지나치는 것
가을 지나간다

좋은 일

갑자기 들려오는 아이들 소리에
창문을 활짝 열어보니
햇살 속에서 뛰어노는
어린이집 아이들이
무지개색으로 반짝인다
하늘은 높고 바람은 부드럽고
구름과 구름 사이를 오가듯
손을 잡고 이쪽에서 까르르
손을 놓고 저쪽에서 까르르
공원 가득 웃음꽃이 핀다
오랜만에 보는 풍경은 더할 나위 없다
자연은 거스르지 않고 흘러가고
가만히 혼자 물든 단풍나무 붉다

오죽헌에 오죽꽃이
활짝 피었다는 기사를 읽은 날이다
상서로운 징조라고 했다

봄날

너는 해마다 봄이 오면
화원 구경을 가자고 했다
연한 새잎이 주는 생동감과
화원 가득한 꽃향기를 맡으면
봄날이 행복하다고 했다

뾰족뾰족 올라오는 어린싹들
자꾸 들여다보게 되는
눈결에도 꽃이 피는 봄날
너는 항아리 분에 옮겨 심은
꽃기린 사진을 보내고
고난의 깊이를 간직하다
꽃말도 한 줄 보냈다

불쌍해서

저녁 시간 찾아간 식당에
손님은 딱 두 팀이다
그 와중에
파인애플 파는 청년이 들어와
무심히 돌아 빈손으로 나가고
파인애플 한 접시 내놓는 주인
불쌍해서 하나 팔아줬단다
나는
파인애플을 그냥 보기만 했다

십 년 넘게 치매 걸린 영감님을
지극정성으로 돌 본 할머니 건강이 나빠졌다
자식들은 고민 끝에
할아버지를 요양원에 보내기로 했는데
허리는 굽고 걸음도 불편한 할머니
불쌍해서
너무 불쌍해서 못 보내신단다
나는
돌아서서 커피를 내렸다

나들이 가다

구불구불한 국도로 단풍 구경하며 가는데
속도를 줄이고 가는 앞 자동차
저들도 단풍을 즐기는 중이구나 싶었는데
뒷유리에 크게 쓴 손 글씨가 보인다
쫌!!!

긴장이 역력한 앞차 꽁무니를
천천히 따라가며
단풍잎 날려 보내는 나무와
길가에 오롯이 피어있는 쑥부쟁이
사과밭에 주렁주렁한 사과와
농가 앞에 소복하게 피어있는 국화
빈 들판을 지키는 허수아비 표정을
찬찬히 둘러 보았다

눈부신 늦가을 속으로 달리다가
과속방지턱을 넘어서는데
덜컥
내 안에서 내려앉은
그것은 무엇이었을까

입동

햇볕에 무심히 앉은 노인 뒤로
아직도 피어있는 구절초를
태연하게 피어있는 철쭉을
흔들어 보는 바람이 차다

저마다 스스로 열지 못하는 문이 있어
가볍게 떠나지 못할 때가 있다
한발 한발 물러나 구석이 되고
다르게 오는 것들의 경계가 무너지면
오래된 약속은 사라지고
깊은 고요의 시간이 온다

햇볕 따라 자리를 옮기던 노인
유모차에 그늘을 싣고 느릿느릿
집으로 돌아가는 오후 네 시
얼어버린 코스모스가
어디론가 떠나는
사람의 뒷모습처럼
적막하다

망설이다가

치매 깊은 할아버지를
칠 년 동안 지극정성 돌보는 할머니
배롱나무꽃 흐드러진 여름날
삐뚤삐뚤한 글씨로 편지를 쓴다

아들 딸 재미이개 살아라
손주들 이쁘개 크어라
두 줄 써 놓고
잠든 할아버지 얼굴 한참 들여다보다가
또 쓴다

영감 빨이가라

차마 면전에서 할 수 없었던 말
망설이다가 썼다

풍경을 읽다

느티나무 잎에 빗방울 앉았다
떨어지고
과꽃에 나비 앉았다
날아가고
잠자리가 맴을 돌고 있다

내려앉는 회색 구름 한 점
쑥부쟁이 위로 쏟아질 듯한
오후 세 시
비바람이 지나가는
풍경을 읽다가
당신 시집을 꺼낸다

4부

저녁을 준비하며

김이 모락모락 나는 두부 한 모 샀다
양파와 당근을 썰고
고춧가루를 넣어
두부찌개를 끓인다
짜거나 싱겁지 않은지 맛을 보고
청색 도자기 접시에 밑반찬을 담아
이른 저녁을 준비하며
무엇을 써야 하는지
고민되는 저녁
끓고 있는 두부를 들여다보다가
뒤적거린다

자두꽃 향기가 퍼지는 저녁
속엣말을 꺼내놓아야 할 때

봄바람 분다

올해도 난설헌 생가에 늙은 벚나무는
꽃을 피웠을까
생가 툇마루 앞 진달래와
초당두부집 수선화도 여전할까
뜬금없이 꽃들 안부가 궁금한 봄날
바람이 분다
강릉의 봄바람은 바다에서 불어와
풍경과 어울리다가 다시 바다로 간다

오래전 엄마들은 봄이 오면
관광버스를 타고 꽃구경 갔었다
늦은 밤에 돌아온 엄마들
봄바람에 떠 있는 풍선 같았다

노래하듯 봄바람 분다

새벽에 온 전화

화초를 키우다 보면
멀쩡하게 꽃까지 피운 화초가
하루아침에 시들거나 죽을 때가 있다
햇빛에 반짝이는 잎맥과
줄기에 곤두선 솜털과
천천히 밀어 올린 꽃망울들
꽃 피우는 것을 잊은 채 늙어가는 문주란과
뿌리 내리느라 한 계절 앓고 살아난 삭소롬과
연약한 싹 올린 야곱세니아에
마음 다독이는 날이 많다

새벽에 온 전화
-갔어요
-방금
겉은 멀쩡했는데 속이 탈이었단 다

새벽빛 창창하다

브런치의 시작은 언제부터였을까

말들이 다탁에 쌓이고
겨울 햇살이 다소곳이 앉은
정오의 카페
커피 향에 감성을 고르고
눈 내리는 창밖에
작은 눈사람을 본다

그리운 건
지난날이 아니라 지금의 시간
커피를 마시며
음악이 끌어주는 기분을 즐기는 것

레드벨벳 케이크와 르뱅쿠키를 놓고
살아가는 표정을 조금씩 떼어먹으며
일상을 나누는 시간의 명분은 브런치

나는 모른다
각자의 마음에서 생략된 말들이
어떤 문장으로 너를 불러오는지

유월

바싹 전지 당한 카페 앞 가로수
끝에 남은 반들반들한 이파리가 운다
바싹 자른 손톱으로 피 나도록 긁던
마른 손이 나무 꼭대기에 있다
살아보지 못한 그 자리를
뭐라 말 할 수 없지만
한껏 자란 나뭇잎들 뭉텅뭉텅 잘려나간
허무는 말 할 수 있다
카페에서 김수영 전집을 읽다가
잠시
옆 테이블에 앉은 사람들이
이야기하는 모습을 바라보는데
주인이 내 앞에 와서 말한다
두꺼운 책 읽으려고 혼자 오셨나 봐요
내가 혼자인 걸 확인해 준 주인을 위하여
뻗지 못하고 전지 당한 가로수를 위로하며
에스프레소 한 잔 더!

시

버스를 기다리며 시를 생각한다
붉은 꽃을 단 노인을 보며
시를 생각한다
축축한 땅에 생긴 얼룩을 쓸까
고슬고슬 마른 땅의 흙먼지를 쓸까
아름답고 소중한 것을 찾아 쓸까
달리는 자동차를 보며
시를 떠올리는데
빗줄기가 굵어진다
횡단보도 앞에서 우비 입고 마스크 쓴 노인
한 손에 우산 또 다른 손엔 깃발을 들고
꼿꼿하게 서 있다
자리를 지키는 건 혼자 하는 일이다
노인은 빗속에서 신호등만 바라보고
나는 내 시만 생각하고
젖은 풍경은 흐릿하고
빗소리에 섞인 소리들이 웅웅 거린다
저기
버스가 온다

도리에게

곤히 잠든 너를 들여다보는
가족들 얼굴에 번지는 웃음
집 안에 감도는 생기
집에 온 지 한 달 남짓인데
오래전부터 함께 산 것 같은 느낌은 뭘까
고양이는 혼자 있는 것을 좋아한다는 말
무색하게
강아지처럼 졸졸 따라다니고
우당탕 뛰어노는 너를
정신없다 할까 봐 걱정했는데
그런 너라서 더 사랑스럽고
우리에게 와 줘서 고맙다며
마따따비 장난감을 사오는 남편
명랑한 너와 눈을 맞추고 인사한다
안녕 도리
도리 안녕

목요일 아침에 버스를 타고

아침 버스는 사람들로 언제나 만원인데 각자 다른 곳에 시
선을 두고 간다 박경리문학공원 정류장에서 승차한 노인
두리번거리며 노약자석에 앉은 학생 앞에 바싹 다가서지
만 핸드폰에 열중한 학생 무반응에 헛기침은 무안하다 이
제 좌석은 먼저 앉은 사람의 것이다 어느새 잠든 학생 앞
에서 손잡이를 꽉 잡고 흔들리던 노인은 학생이 가뿐하게
내리고 나서야 자리에 앉는다 더 이상 씁쓸한 일이 아닌
현실이다 목요일 아침에 버스를 타고 속도에 맞춰 직진하
는 사람들이 각자도생의 정류장에서 하차벨을 누른다 나
는 그런 삶을 지지할 뿐이다

사랑

탐스럽게 부푼 이팝나무꽃 아래
물처럼 고여 있는 꽃향기에
마냥 취하고 싶소

긴 꽃잎 속눈썹처럼 깜박이며
흩날릴 때마다 허공을 딛는 꽃송이
순한 눈빛을 다 읽고 싶소

꿈결인 듯 져 버릴
일 년에 한 번 만날 수 있는 연인
오래도록 바라보고 싶소

내가 기억해 줘야 하는
그 꽃송이들 뜨겁게 사랑하고 싶소

그런 날 있었다

오 년 전 서유럽 여행 중에

이탈리아 밀라노에서 아침을

스위스 뮈렌에서 점심을

프랑스 벨포트에서 저녁을 먹는 일정이 있었다

평생 경험할 수 없는 일인데

여러분은 복 받으신 거라는

가이드의 너스레가 그저 짠한 아침이었다

밀라노를 둘러본 후

웅장하고 아름다운 알프스산맥을 감상하며

도착한 스위스에는

빙하가 만들어 낸 호수들이 장관이었다

루체론과 작은 산악마을 뮈렌의 설경과

인터라켄을 잠깐 돌아보고

프랑스로 가는 길에

벌써 어둠이 내리기 시작했다

불빛도 없는 캄캄한 시간을 달리는

버스에서 강행군에 지친 사람들이

패잔병처럼 곯아떨어졌던

전투적인 그런 날이 있었다

유적지에 가서

파묵칼레 석회암층 온천수가 코발트 빛을 내는 환상적인
풍경은 아니었지만 하얀 석회층은 볼만했다 고대 신전 기
둥들이 바닥에 그대로 있는 엔티크 풀장에 여행객 몇 명이
비 맞으며 온천욕을 즐기고 있었다 그들의 여유를 부러워
하며 카트를 타고 기원전 190년경 세워진 고대도시 히에
라폴리스에 갔다 낮게 가라앉은 하늘아래 도시의 흔적이
펼쳐진 유적지는 넓고 고즈넉했다 원형극장과 바실리카
욕탕과 아폴론 신전, 도미티아누스 문, 성필립보 순교기념
교회 그리고 무덤과 석관들이 흩어져 있는 공동묘지를 둘
러봤다 유적지를 돌아보는 일은 늘 경이롭다 잠깐 사람들
을 비켜서니 우산에 떨어지는 빗소리가 나직하게 들렸다
사이프러스 나무에 둘러싸인 무덤들을 보며 영혼들이 우
리를 지켜보고 있지 않을까 생각하니 뭉클해졌다 비 맞으
며 서 있는 유물 앞에서 나도 그렇게 서 있었다

이를테면 너는

어미 잃은 길고양이 새끼들 거두고
시들어 가는 화초를 윤기 나게 가꾸고
세 마리의 강아지를 키우며
네가 돌보는 것들로
너는 살아가네
대문에 빨간 우체통을 세워놓고
오지 않는 편지를 기다리며
누군가 외면한 생을
기꺼이 품어주네
이를테면 너는
키우고 키우며 키우는 것만이
위안이고 빛인 사람
모두 같이 잘살자는
마음 하나로
아낌없이 곁을 주는
고운사람

다녀오다

조금 늦겠다는 문자와 함께
신록 속 암자 사진을 보냈지 당신은
사진 속 암자는 아득한 적막의 동굴
낮게 울리는 독송 소리에
가만히 들어가 관세음보살 관세음보살
백팔배 하다가 부처님 광명에 놀라 깨니
해가 지고 있다
기막히게 황홀한 노을빛
잠깐 잠들었던가
혹 아직 깨지 않은 꿈인가
인연은 낯선 곳에서 온다 했고
낭랑한 독송 소리 가깝게 들리고
존재하는 것들 어루만져주는 시간
기다림에 붙들려 다녀온
그 곳은 어디인가

네가 온다는 소식

등에 세 가지 색이 있는 새끼고양이
사진 오고
갈 곳이 없다는 문자가 왔다
내 그림자도 지우고 싶은데
이제 와 고양이라니
파란 눈망울 사진을 오래 들여다본다

툭
만천홍 꽃송이가 떨어진다
햇살 무늬로 피어
한 계절 환하게 곁에 머문 꽃
꽃잎들 나비처럼 나폴 거리며
창밖으로 날아가려 할 때
바람에 활짝 웃던 꽃송이가
눈시울 붉게 적시며 진다

너를 꺼내 보는 사람이 있다는 건
행복한 일일까 생각하며
아무도 모르게

사라져 버리는 꿈 꾸는데

멀리서 네가 온다는 소식 왔다

느루

멀지 않아도 멀리 갈 수 있는 곳
아침햇살 퍼질 때
꽃과 풀잎에 스민 이슬처럼
영롱한 당신의 느루가 있습니다
붉게 물든 딸기 이파리 가만히
가만히 팔을 뻗어 팔짱을 끼는
달콤한 한낮에 평온이 넘칩니다
산 그림자 내려오고
새소리 바람 소리 가득할 때
번지는 노을빛은 환상입니다
산 겹겹을 오래 읽고
돌아온 생의 메아리 다독이며
쟁여놓은 행복은 화수분이고
따로 꿈꾸며 서로 사랑하는
포옹 시간이 고여 있습니다
물고기 풍경이 지켜주고
모든 풍경이 소리로 와서
달빛에 사색하는 곳
느루입니다

장미 향기와 비린내가

누군가 아파트 울타리에 비린내를 널었다

활짝 핀 넝쿨장미가 한창인 울타리에서
꾸덕꾸덕 말라가는 미역이
바다의 기억을 지운다
아니
기억을 부른다

바람결에 묻어온
장미 향기와 비린내가 코끝을 스친다
바다를 생각한다
파도 소리를 상상하며
부서지는 포말을 그려본다
밤이 되자
장미 향기와 비린내가
더 진하게 들어온다

온다고 한 너는
아직 오지 않는다

칠월

숲으로 가자
경쾌하게 휘파람 불며
나무 사이로 쏟아지는 햇살에
몸 일으키는 여린 풀들
토닥여 주자
울창한 숲으로 가자
빽빽하게 서 있는 나무들 속에서
할 일 없는 사람인 척
단잠에 빠져
꿈꾸지 않는 자의 행복*을 즐겨보자
네가 좋아하는 숲으로 가자
짙푸른 그늘 속에 그림자 감추고
숲을 위한 헌사를 쓰자
평생 서 있는 나무를 위해
명랑하게 여름을 읽어보자
농밀한 숲으로 가자
초록을 내뿜는 숲으로 가자

*박세현 시집 인용

삶의 기록 혹은 나의 방식

강세환 (시인)

1.

 시를 어떻게 읽어야 할 것인가? 그러나 시는 해석이나 분석의 대상이 아니다. 시는 해설이나 설명이 불가능하다. 심지어 해설이나 설명이 필요하지도 않다. 또 업계 종사자는 다 아는 말이 되었지만 이제 시는 더 이상 '읽는' 장르가 아니다. 시를 써 놓고 시인 혼자 돌아앉아 읽어야 하는 시절이다. 내 시를 당신이 아니라 내가 읽는 시대가 되었다는 것이다. 그럼에도 불구하고 지금 이 순간, 시를 쓰는 한, 시를 읽어야 한다. 시를 쓰기 위해 시를 읽어야 하고, 시를 읽기 위해 또 시를 써야 한다. 암튼 시를 쓸 때처럼 혹은 시를 쓸 때보다 더 막강한 '감수성'을 동원해야 한다. 거듭 말하지만 시를 쓰는 자는 시를 읽어야 한다. 이제 오직 그 감수성으로 김진숙의 신작 시집을 읽어야 할 시간이 되었다. 다만, 이 텍스트의 어느 한 구절이나 어느 한 단락에 빠져서 이 시집 텍스트의 맥락을 놓칠 수도 있을 것이다. 그 또한 아름다운 혼란 혹은 혼란의 기쁨일 것이다. 그것 또한 굳이 비평 이론을 빌리자면 작가의 의도와 독자의 의도는 다를 수밖에 없기 때문 아니겠는가.

2.
김진숙은 이번 시집에서 시적 대상이든 삶의 일상이든 대체로 '나의 방식'으로 인식하고 있으며, '나의 방식'으로 기록하고 있다. 이제부터 필자도 나름 '나의 방식'으로 이 시집을 읽고 또 타이핑할 것이다. 시든 삶이든 사랑이든 밥 먹는 것도 잠자는 것도 다 각자 '나의 방식'으로 살아가고 또 살아지는 것 아닌가. 이 시집의 상징적인 표제작 「나의 방식」처럼 '북극 만년설 언저리에 살고 있는 사람들이 화가 나거나 슬픔에 사로잡히면 그냥 눈 위를 걷고 또 걷다가 마음 다 사그라지면 긴 막대기 하나 꽂아놓고 돌아'오는 것처럼 말이다. 또 김진숙 시인처럼 '머릿속이 복잡해지면 단구동에서 태장동까지 걷고 또 걸어가 낯선 카페에서 아메리카노 한 잔 마시고 버스 타고 돌아'오는 것처럼 말이다.

또 '풍 맞은 남편 챙기느라 꼼짝 못하는' 친구와 '수술한 무릎' 때문에 걱정되는 친구와 '귀 어두운 영자 할머니'의 근린공원을 울리는 '큰 소리 통화'를 듣고 김진숙은 또 '나의 방식'으로 기록하고 있다. 그리고 또 이 시 「대서」의 화자는 '얼굴에 흐르는 땀인지 눈물인지 연신 훔치고' 있다. 이 공원 한 구석에서 모든 광경을 지켜본 것만 같은 배롱나무 그 꽃의 꽃말이 '떠나간 벗을 그리워하다'라고 하니 시인의 감수성도 얼핏 엿보이는 순간이다. 시인은 모름지기 이런 것이다. 매미가 아무리 크게 울어댄다 해도 뭇사람의 통화를 흘려듣지 않고, 우두커니 서 있던 꽃나무의 꽃말도 소환하고 기록하는 것이다. 시인은 눈만 밝은 것도 아니고 귀도 밝은 자일 것이다. 귀만 밝은 것이 아니라 마음도 밝은 자일 것이다. 그리고 마음 아픈 자가 또 마음 아픈 시를 쓸 수 있을 것이다. 그렇다면 시인은 마음이 아픈 자일 것이다.

> 낡은 울타리 대신 개나리가 피어있는
> 오래된 협동빌라 가동 앞뜰에서
> 할머니가 강아지를 안고 있다
> 서로의 마음이 얼마나 애틋한지
> 배와 등을 맞대고
> 하염없이 앉아 있다   -「모습」전문

강아지를 안고 있는 할머니의 정경은 어디서나 쉽게 볼

수 있다. 이제 우리 사회는 어느덧 강아지와 고양이의 나라
가 되었다. 강아지나 고양이의 가족 순위가 상위에 링크되
었다는 것도 새삼스러운 일이 아니다. 여기서 그런 말을 할
자리는 아니고 이 시가 묘사한 정경에 대해 논하고자 한다.
모든 시적 묘사가 그렇듯이 딱히 할 말이 없다. 좋은 묘사
는 이미 시적 울림이나 메시지가 전달된 것이나 다름없기
때문이다. 우리 시사(詩史)엔 김종삼의 「장편 2」가 그러할
것이다. 시가 약해빠지고 애틋하다 해도 시의 힘은 그런 것
이다. 묘사의 힘은 그런 것이다. 시인의 힘은 그런 것이다.
할머니의 배와 강아지의 등이 하염없이 맞대고 앉아 있는
것, 이 시의 풍경이며 정경인 셈이다. 시인의 감수성이 그
런 것이다. 삶이 번번이 그대를 속일지라도 슬퍼하거나 노
여워하지 말자. 시인이 시를 써야하는 이유도 거기쯤 있을
것이다.

3.

 여기 또 자기 삶을 '나의 방식'으로 기록한 시가 있다. 시
가 자기 삶을 간절하게 기록할 땐, 시는 기교나 수사가 될
수 없다. 그리고 무엇보다 시가 명료해지는 순간이다. 시가
무엇인지 명료해지는 순간이기도 하다. 시는 자신의 삶에
대한 정직하고 솔직한 고백일 것이다. 이미 많은 시가 그것
을 증명하였다.

밤새 바람 소리에 뒤척이다 일어나

햇살 퍼지는 광장을 가로질러

근로계약서 쓰러 간다

계약이 끝난 나뭇잎들은

봄을 기약하며 떠나고

한 계절이 계절에 스며간다

시장바닥에 차려놓은

호박 상추 콩나물을 지나고

음식 냄새 가득한 골목을 빠져나와

갓 구운 빵 냄새 지나쳐서

근로계약서에 서명하러 가는 길

바람이 스산하게 분다

사는 일은

지나가고 지나치는 것

- 「십일월」 부분 (진하게 강조한 부분은 필자의 의도임.)

근로계약서를 쓰는 것도 광장을 가로질러 가는 것도 늦가을 나뭇잎들도 시장골목도 사는 일도 지나가고 또 지나쳐 가는 것이다. 모든 것은 지나가고 또 지나치는 것이다. 생활을 이어가는 것도 재취업하는 것도 계약직도 알바도 전업주부도 실업자도 지나가고 또 지나치는 것이다. 밤새 불던 바람도 지나가고 밤새 뒤척이던 잠자리도 지나가고 광장도 계절도 어김없이 지나가고 지나쳐가는 것이다. 이 시의 화자는 '나의 방식'으로 이 모든 것을 지나가고 지나치는 것으로 인식하고 기록한 것이다. 조금 아쉬운 점이 없지 않지만 고백하고 있는 것이다. 매우 복잡한 편견이겠지만 공공기관의 공개 채용시험에 합격하여 근로계약서에 서명하러 가는 길은 아닐 것이다. 바람 한 줄기가 스산하게 화자의 가슴을 지나가고 화자의 가슴에 머물렀을 것이다. 많은 상념이 지나가고 많은 잡념이 머물렀을 것이다. 돈을 벌러 가는 길은 그렇게 또 심란한 것이다. 시인의 가슴 언저리가 그렇게 복잡하였을 것이다. 시인은 마음 비우는 자가 아니라 마음 한 구석이 복잡한 자일 것이다.

4.

이와 관련되어 이번 시집에서 눈에 띄는 것은 '나의 방식' 이외 삶에 대한 '나의 인식'일 것이다. 시는 결국 인식의 결과물인 셈이다. 시는 삶에 대한 각자의 인식을 드러내는 것이다. 삶에 대한 인식이 김진숙 시에서 어떤 방식으로 구현되고 있는지 읽을 차례가 되었다. '보이는 세계는 무엇이고/ 나는 어디로 가는 걸까' (「청평사」) '눈멀고 귀먹'었다 해도 '치매 걸린 노인 취급하'든 말든 '방구석에서' 나와야 '내가 살 것 같'기 때문이다. 드디어 '시끌벅적한 밖으로 나왔'다. (「좋은 날들 어디에 흘리고」)

힘 빠진 너의 등을 보면서

미움도 늙는구나 생각했지

비빌 언덕 없이 평생을 살았다는 너에게

- 「언덕에 대한 생각」 부분

떠나는 것을 위하는 일은

나를 위하는 일이기도 해서

고맙고 미안하고 기특한 마음

다 안다는 듯이 배웅하고

서둘러 돌아서야 하네 - 「떠나는 것을 위하여」 부분

사는 건

견디는 일이라고 웅웅거립니다 - 「수변공원」 부분

우두커니 혼자 기다리고

기다리고 기다리는 벚나무 정류장

혹시 - 「벚나무 정류장」 부분

매일 마음이 지옥이라는 당신에게

침묵도 위로의 방식이라고

보내지 못하는

문자를 쓴다 - 「겨울비」 부분

그러나 삶에 무슨 인식이 있고 무슨 방식이 있을까? 삶은 어떤 생각에 의해 살아가기가 쉽지 않다. 오죽하면 그냥 살아지는 것이라고 하지 않던가. 마땅히 비빌 언덕도 없이 살아가는 것이다. 그저 제 몸으로 제 힘으로 제 울음을 삼키며 살아지는 것이다. 만나기도 해야겠지만 알고 보면 떠나기 위해 헤어지기 위해 나를 위해 떠나고 또 돌아서야 할 때가 많다. '살아있음'은 또 그런 것이다. 때때로 혼자서 우두커니 '기다리고, 기다리고, 기다리는' 것이다. 삶은 그런 것이다. 기다리는 것이다. '기다림이 희망이 되기도'(「입춘」)한다. 매일 지옥 같은 삶이라 해도 또 '침묵'하는 것이다. 시도 침묵 속에 싹튼다. 삶도 침묵 속에 싹튼다. 사랑도 침묵 속에 싹튼다. 위로도 침묵 속에 싹튼다. 기도도 침묵 속에 싹튼다. 그러나 우리는 침묵하지 않는다. 우리는 침묵을 배우지 못했다. 이제부터 침묵해야 한다. 시도 침묵해야 한다. '커피를 내리고' 또 '고양이를 쓰다듬는 아침'에 침묵으로부터 시작해야 한다. 사는 건 또 '견디는'것이다. 침묵도 삶도 시도 슬픔도 견디는 것이다. 공원에서도 정류장에서도 견디는 것이다. 떠난 뒤에도 헤어진 뒤에도 견디는 것이다. 그렇게 오래 견디며 자리를 지켜야 '죽지 않고 살아남아/ 씨앗을 겨울바람에 멀리 보내는 것'(「민들레 좀 봐」)이다. '이맘때 당신의 기억은 무엇입니까?'(「이맘때」) 오늘 아침 당신의 침묵은 무엇입니까?

5.

　이번 시집에서 김진숙의 시적 관심 중 또 하나는 첫 시집에서 익히 보았던 '꽃의 시편'이다. 그야말로 많은 꽃이 시의 대상이 되었다. 그러나 시의 대상이 따로 있을 수 있을까. 없다. 수행자도 화두가 있을까. 수행에 무슨 화두가 있을까. 없을 것이다. 그 무엇도 고정된 것은 없다. 그리고 좀 어수선하지만 대상이 없을 때 시의 대상은 비로소 완성되는 것 아닐까. 굳이 할 말 아니겠지만 화두를 깨뜨렸을 때 화두가 완성되는 것 아닐까. 이 글도 해설이나 해석이기보다 발문이라는 형식으로 어떤 틀을 깨뜨리고 싶은 것 아닐까. 그럼에도 불구하고 김진숙의 '꽃'은 무엇일까. 「칸나꽃 피다」 보자.

　김진숙의 꽃은 설렘과 두근거림이다. 시적 화자는 사랑의 절정에 이른 '활짝 핀 칸나꽃' 앞에서 '오래 들여다봐도 설레고' 또 '알 수 없는 두근거림'에 휩싸여 있다. 어느 가슴이든 설레고 두근거릴 때 절정에 이를 것이다. 설레고 두근거릴 때 시가 되고 시인이 되는 것 아닌가. 그러나 이 시의 화자는 화자가 아니라 견자(見者)다. 그 시의 견자는 보는 것만으로도 '족하다'고 하였다. 겸손하다. 이런 방식이 또 김진숙의 방식이 되는 것이다. 시인은 명예가 아니다. 시인은 명함도 아니다. 시인은 여기저기 얼굴 내미는 직종이 아니다. 인문학의 앞자리에 앉아 있던 시절이 아니다. 시를 읽지도 않고 시를 쓰지도 않는데 어떻게 시인이라는 호칭을 갖다 붙일 수 있겠는가. 꼴사나운 세상사에 대한 분노나 환멸은 차치하더라도, 적어도 어떤 당면 현안에 대해서라도 아주 민감하게 고민하고 방황해야 하는 것 아닌가. 이거 꼰대의 발언인가. 아님 세상물정 하나도 모르는 척, 담 쌓고 돌아앉아 살아가든가. 물론 이제 더 이상 시인은 길을 찾아가는 자가 아니다. 그러니 시인은 이제 더 이상 방황하는 자도 아니고, 고민하는 자도 아니다. 동의할 수 없는 어떤 사안에 대해 부딪치는 자도 아니다. 비평하지도 않고 비판하지도 않는다. 엉뚱한 말 같지만 어떤 사태에 대해 좀 더 내면적인 문제까지 파고 들어가야 하는데... 그만 하자. 매사 일일이 윤리학의 기본인 '원칙'을 들이댈 순 없지만 원칙이 무슨 고무줄처럼 늘어났다 줄었다 하면 '내로남불'이 되는 것 아닌가. 이게 꼰대 짓인가. 시인은 무엇보다 자존심을 먹고 사는 직종이다. 주류의 일부가 되어서도 안 된다고 한다. 분노와 슬픔과 연민을 멈출 수가 없다. 신념이나 노선을 바꿀 수도 없다. 그러나 또 신념도 무너졌고 노선도 무너졌다. 어떤 도덕적 가치도 무너졌다. 아니다 어떤 도덕적 그 가치 자체가 무너진 것은 아니다. 도덕적 가치가 무너졌다고 도덕적 가치 자체가 무너진 것은 아니다. (물론 시는 도덕이 아니고 시인은 도덕군자가 아니다.) 매우 지리멸렬하겠지만 끝까지 가야 한다. 그러나 길이 없다. 불안하다. 시를 쓰면서 이렇게 불안하고 이렇게 위기를 느낀

적이 있었는가. 없다. 그럼에도 불구하고 시를 쓰는 자만 살아남을 것이고, 시와 함께 살아남는 자만 살아남을 것이다. 다시 위에서 랭보가 했던 견자라는 말에 대해선 더 이상 말을 하지 않을 것이다. 시인은 보고 또 듣는 자이기 때문이다. 남들이 보지도 못한 것을 보아야 하고, 남들이 보고도 놓친 것을 보아야 하기 때문이다. 꽃이여 견자여 꼰대여 역사여 파도야 어쩌란 말이냐.

 다시, 김진숙의 꽃은 인연이다. 보고 들은 인연이 아니라 삶과의 팽팽한 인연이다. 모든 인연은 다 끈끈하다. 비록 '잠깐 피었다 지는 꽃' 같은 인연이라 해도 인연은 '한번으로 끝나지 않'는다. 특히 삶의 현장과 관련된 인연이라면 더 질기고 길다. 그곳에 비라도 내리면 혹시 무슨 꽃이라도 피었으면 마음은 또 복잡하게 될 것이다. 복잡한 마음은 또 시가 될 것이다. 복잡한 시인의 마음을 헤아릴 능력은 없다. 아무리 유능한 비평가라 해도 시인의 복잡한 이면을 헤아리긴 어려운 것이다. 그것은 다시 시한테 물어보아야 한다. 시와 마주 앉아 시가 하는 말에 귀를 기울이고, 시가 하는 말에 마음을 기울여야 한다. 꽃을 보면 꽃을 보는 것이지 꽃의 속내까지 알아내기란 쉽지 않을 것이다. 방금 무수천변 금계국과 함께 걸었다. 금계국한테 눈을 떼지 않고 걸었다. 동행자도 있었지만 그와의 대화보다 금계국과의 대화가 더 많았던 것 같다. 시도 그렇지만 꽃도 잘 보기만 해도, 잘 듣기만 해도 되는 것이다. 시도 꽃도 무슨 관상법이 따로 있지 않을 것이다. 다 마음이 하는 일일 것이다. 꽃도 시도 겨우 기표만 남았다. 형식만 남았다. 자꾸 내용이나 의미를 내세우지 마라. 문학은 철학이나 사상이 아니다. 그냥 살다보면 어떤 날은 허전하고 쓸쓸해서 시를 쓴다. 남의 집에 와서 '나(필자의)의 방식'을 떠드는 것 같다. 그게 또 발문이 할 수 있는 어긋남이다. 그리고 다시 또 예컨대 할 수만 있다면 시가 무엇인가, 꽃이 무엇인가 하고 되묻기만 하면 된다. '흠뻑 젖은 이팝나무 비를 털 때' 그리고 '이팝 꽃 하얗게 수놓던' 그때 그곳, '비 오는 영월'은 한 시절의 인연으로 끝나지 않을 것 같다. 필자도 하루 저녁 인연이 있었던 영월이지만 그 인연은 결코 '한번으로 끝나지 않'는다. 인연은 또 그런 것이다. 사랑은 또 그런 것이다. 아픔도 슬픔도 그런 것이다. 화자의 영월도 필자의 영월도 그런 것이다.

6.

　기차역은 떠나는 곳이다. 그러나 '반곡역'은 떠나는 곳도 아니고 돌아오는 곳도 아니다. 반곡역은 폐역이다. 문 닫았다는 곳이다. 장사 끝났다는 것이다. 떠날 곳도 없고 돌아올 곳도 없다. 심지어 무얼 기다릴 것도 없고 그리워할 것도 없다. 폐업은 그런 것이다. 재조차 남기지 않는 법이다. 폐업은 그렇게 아무것도 남기지 않고 아무것도 기억하지 않는다. 더 이상 시를 읽지 않는 세태를 맞닥뜨릴 때마다 남몰래 느끼던 필자만의 감회도 그런 것 아닐까. 그러나 이 시의 화자는 패망한 왕조의 역사(驛舍)에 난민처럼 당도하였다. 그곳 '역사 앞'의 '터지기 전 벚꽃'을 보려고 화자가 된 시인이 벤치에 앉아 있다. 다 떠나고 남아 있는 것도 없고 패망한 벚꽃조차 꽃을 터뜨리지 못하고 있는데, 그 앞에 시인인 화자가 앉아 있다. 시인은 그런 것이다. 시도 그런 것이다. 시나 시인은 승자의 몫이 아니다. 시나 시인은 손에 무엇을 움켜쥔 자가 아니다. 시는 강자의 몫이 아니라 차라리 약자의 몫이다. 패자의 몫이다. 의기소침한 자의 몫이다. 패망한 왕조의 난민의 몫이다. 가슴 뜨거운 자의 몫이다. 분노한 자의 몫이다. 슬픈 자의 몫이다. 폐역의 역사 앞에서 가슴에 찔러둔 펜을 꺼낸 자의 몫이다. 반곡역 벚꽃이 왜 늦게 피는 지, 시인은 왜 늦게 피는 반곡역 벚꽃을 찾아갔는지 이쯤에서 눈치라도 챙겨야 할 것 같다. '반곡역 벚꽃'도 읽고 나면 김진숙의 방식이라고 일컬어야 할 것 같다. 김진숙의 방식이 어느덧 그만의 인식이 되었고 그만의 독특한 어법이 되었고 그만의 발상이 되었다. 폐역에 들렀다는 것 자체가 이미 시의 길이며 시인의 길인 것이다. 이제 더 이상 시를 읽지 않는 세태 운운 힘도 없다. 시도 패망한 왕조의 유물이 된 것 아닌가. 시가 다 지나간 일이 된 것 같다. 필자의 아주 사적인 편견이긴 하겠지만 카페에 앉아 환하게 웃고 있는 신간시집의 시인보다 폐역 앞 벤치에 혼자 앉아 시를 더듬더듬 읽고 있는 시인에게 한 표를 던지고 싶다. 한 표 더 던지고 싶다. 몰표를 확 던지고 싶다.

7.

 여기 또 배롱나무꽃 흐드러진 날 읽으면 좋을 듯한 시가 있다. 그러나 왠지 읽기보다 나직하게 들어야 할 시 같다. 그리고 이 업계 관련자는 알겠지만 어떤 시는 내가 쓰는 것이 아니라 네가 쓸 때도 있을 것이다. 때때로 시가 너/나를 받아 적을 때도 있었을 것이다. 더 심하면 시가 시를 쓸 때도 있다. 시인을 비유한 말 중에서 시인을 왜 무당이라 했는지 알 것도 같다. 시인도 화자도 보이지 않을 때가 있다. 앞에서 말했지만 이 시를 가급적 조용히 귀 기울여 주길 바란다. 이 시의 화자는 화자가 아니라 갑자기 성우가 된 것 같다. 이 시도 김진숙의 방식처럼 망설이다가, 한참 망설이다가 '나의 방식'이 된 셈이다. (이 시의 여백과 여운을 위해 전문을 낭독하고자 한다.)

　　치매 깊은 할아버지를
　　칠 년 동안 지극정성 돌보는 할머니
　　배롱나무 꽃 흐드러진 여름날
　　삐뚤삐뚤한 글씨로 편지를 쓴다

　　아늘 딸 재미이개 살아라

손주들 이쁘개 크어라

두 줄 써 놓고

잠든 할아버지 얼굴 한참 들여다보다가

또 쓴다

영감 빨이 가라

차마 면전에서 할 수 없었던 말

망설이다가 썼다   - 「망설이다가」 전문

　시도 가끔 침묵할 때가 있다. 이런 시 앞에선 가끔 침묵하
고 싶을 때가 있다. 늙고 병든 육체 앞에서, 더욱이 한평생
같이 살았던 배우자한테 더 살지 말고 빨리 가라는 말을
듣는 것도, 그런 말을 망설이다가 하는 것도 가슴 아플 뿐
이다. 때때로 아픔이 시를 쓰게 하고 아픔이 또 삶을 살게
하는 동력이라곤 하지만 이런 아픔 앞에선 차라리 내가 아
니라 네가 시를 쓰는 것도 좋을 것 같다. 이 시에 등장하는
배롱나무꽃도 이 시의 어떤 포인트가 아니라 그냥 소품 하
나같다. 그리고 삐뚤삐뚤한 문법은 소품이 아니라 어떤 포
인트가 되는 순간이다. 이런 것도 김진숙의 방식이 되는 것
이다. 김진숙만의 어떤 포인트가 되는 것이다. 이런 포인트
가 쌓이면 김진숙만의 어법이 되고 방식이 되는 것이다. 그
의 포인트가 팡팡 쏟아지길 바랄 뿐이다. 그 길은 끝까지

가야하고, 그 길은 이미 오래전에 문청 때부터 도박을 하
듯, 생을 다 털었어야 한다. 시인은 생을 다 턴, 어쩌면 '인
생을 잘못 산 인간'(장정일)일 것이다. 시인의 행색을 보면
알 수 있을 것이다. 하루아침에 시인이 될 순 없다.

8.

 이번 시집에서 앞에 거론한 시와 그 대상이 좀 다른 시가
눈에 띈다. 물론 대상은 조금 다르다 해도 역시 김진숙만의
'나의 방식'이 작동되고 있다. 이 시집의 제목을 이 발문에
서도 갖다 쓰는 것도 일종의 편견이나 고정관념에 빠질 때
가 있겠지만 그 또한 필자의 방식이 되었다. 언어를 먹고
사는 자들은 네 언어도 먹고, 내 언어도 먹고 살 수밖에 없
다. 필자가 얼마 전 출간한 산문집의 한 구절이 떠오른다.
어떤 이론도 시론도 아니겠지만 "시는 단지 언어이며 시인
은 단지 언어 사용자일 뿐이다. 모든 언어는 시가 될 수 있
고 언어 사용자는 다 시인이 될 수 있다. 그러나 언어는 결
국 헛소리이며 언어 사용자도 결국 헛소리하는 사람이다."
그럼 다시 언어 사용자의 언어를 보자. 그 언어의 끝이 가
리키는 곳은 또 어딜까.

> 차양 없는 가게 입구에
>
> 목화솜 이불인 양 눈을 덮어쓴
>
> 길고양이가 졸고 있다   - 「눈 내리는 밤」 부분

집에 온 지 한 달 남짓인데

오래전부터 함께 산 것 같은 느낌은 뭘까

고양이는 혼자 있는 것을 좋아한다는 말

-「도리에게」 부분

앞발을 턱 밑에 넣고 가만히 엎드려 있는

고양이를 바라보면 포근하다

그런 고양이를 어루만질 때

고롱고롱 대는 소리는 편안하다   -「이월」 부분

　시가 닿는 곳은 '고양이'였다. 고양이를 대하는 화자의태
도도 '나의 방식'이다. 이를테면 눈을 뒤집어쓴 고양이를
바라보다가 고양이를 식솔로 들여놓고 가만히 엎드려 있
는 녀석을 따뜻하게 어루만져주고 같이 살아간다. 녀석
이 오기 전엔 '내 그림자도 지우고 싶은데' 어느 날 '갈 곳
없다는' 새끼 고양이 사진이 먼저 오고 이어서 문자가 오
고 그 녀석이 왔다는 것 아닌가. '누군가 외면한 생'을 '키
우며' 또 '같이 잘살자는 마음 하나로' 살아간다. 시인이라
고 하여 오직 시에 파묻혀 살 까닭은 없다. 시인이라고 하
여 시에다 생을 다 걸어야 할 까닭도 없다. 강아지도 키우
고 고양이도 키우고 화초도 길러야 한다. 어떻게 문청 때처
럼 삶의 전부가 문학이 될 수 있겠는가. 그렇게 살 순 없을
것이다. 또 시인이 아웃사이더라고 하여 과연 아웃사이더

로 사는 시인이 몇이나 될까. 이제 이런 말조차 어디 가서 할 데가 없다. 이제 시인은 그냥 많은 직업군 중 하나일 뿐이다. 그만하자. 다만 너나 할 것 없이 문학 동네 사는 사람이라면 시가 왜 망했는지 알고 있어야 할 것 아닌가. 아님 시가 왜 읽히지 않는지 시인들은 알고 있어야 하지 않을까. 아님 시인들만 까맣게 모르는 일이 되었는가. 왜 모르겠는가. 제 가슴 뜨거운지 아닌지 제 가슴은 알고 있을 것 아닌가. 아닌가. 김수영의 말 중에서 한 단어만 살짝 바꿔서 말한다면 시인은 가장 민감하고 세차고 진지하게 몸부림을 쳐야 하는 것이다. 저기 '우유 한 팩 들고' 공원에서 노숙하는 '고양이 있는 곳으로' (「장마」) 다가가는 시적 화자의 뒷모습이 보인다. 새끼를 먼저 먹이고 남은 우유를 어미가 먹는 정경도 아프다. 우유 한 팩 더 챙기지 못한 화자의 미안함은 곧 시인의 성정일 것이다. 시인의 따뜻하고 섬세한 마음이 곧 시가 되었을 것이다. 여운이 남고 여백이 남는 시다. 침묵도 남는 시다. 시가 몸에서 나온다는 것도 알 수 있다. 시인의 몸이 좀 더 먼 곳을 갈 때도 있다. 그런 것을 일러 여행이라고 할 것이다.

9.
 시인은 바다가 보이는 아야진에 가서 하룻밤 묵기도 하고 파도소리에 잠을 설치기도 한다. 그러다 밤의 해변에서 혼자 맨발로 걷는 시적 화자가 된다. 낮 해변과 밤 해변은 다를 것이다. 밤바다, 밤의 해변, 맨발, 파도, 불빛(어화), 불꽃놀이... 화자의 말처럼 '족한 밤'이 되었을 것이다. 바다는 뜨겁다. 잠시나마 시인도 화자도 독자도 뜨거워진다. 밤의 해변에서 혼자 걷고 싶은 욕망은 누구에게나 있을 것이다. 그냥 혼자 하고 싶은 것이다. 이처럼 여행 관련 시가 기행시가 되지 않도록 해야 한다. 시인은 기행시를 쓰는 자가 아니다. 시인의 여행은 또 이어지고 시도 꼬리를 몰고 이어진다. 정방사 노을도 보고, 피렌체 노을에도 빠진다. 화자는 여행이 아니라 기행이 아니라 노을을 보고 기록한 것이다. 그리고 상강 무렵 서리 맞은 수타사 단풍을 만나고 서리 맞은 배추밭을 보고 돌아서서 또 '나의 방식'으로 기록한다. 그리고 그는 어디로 가고 있는 것인가. 아니다, 그는 어디서 헤매고 있는 것인가. 삶을 살고 있는가. 시를 살고 있는 것인가. 어디서 시를 쓰고 있는가. 변산 내소사까지 갔다는 것인가. 내소사 낙숫물 소리 들었는가. 뭇사람 키보다 조금 더 큰 삼층 석탑도 보았는가. 강릉 허난설헌 생가의 봄바람은 어떻게 하고 돌아왔는가. 그즈음 나들이 갔다 돌아오는 길이었던가. 과속방지턱을 넘어서다 '덜컥 내 안에서 내려앉은 그것은 무엇이었을까.' 하고 반문한다. 그게 뭘까. 시인의 여행은 떠남이나 돌아옴이 아닐 것이다. 시인의 여행은 떠돎이고 헤맴일 것이다. 시인의 여행은 또 시일 것이다. '인연은 낯선 곳에서 온다'고 했던가. 낯선 곳에서든, 낯익은 곳에서든 시의 인연이 있기를~

10.

 김진숙의 시를 읽으며 여기까지 왔다. 비평가인 척하고 떠들었지만 결국 시인인 척하고 떠들었다. 시에 미친 척하고 달렸지만 시인은 시를 먹고 사는 자다. 시를 쓰는 자도 시를 읽는 자도 시 때문에 잠깐잠깐 우울증에 사로잡힐 때가 있다. 누군가 좋은 시는 이미 쓴 것 같고, 누군가 좋은 시를 쓰고 있을 것만 같다. 궁금하다. 시인들은 어떻게 살고 있는지 궁금하다. 문자 한 줄 넣을 곳도 없다. 문우도 없다. 담배도 안 피우고 술도 안 마시고 아무도 만나지 않고 살아본다. 그러나 이렇게 혼자 있다 보면 이렇게 사는 게 루틴이 되고, 시인의 삶이 되는 것 같다. 어떨 땐 내가 당신처럼 살 때도 있다. 또 내가 쓴 시를 종종 혼자 읽을 때가 있다. 이 땅의 문학인들은 어떻게 지내는지 잠시 궁금하다. 그러나 또 굳이 자문자답 한다면 각자도생이다. 시는 흘러간 노래가 되었고, 시인은 망국의 난민이 되었다. 시는 본래 어긋남이고 시는 그 어긋남을 최대한 수습하는 것이다. 시는 또 옳은 소리를 하자는 것도 아니다. 이 발문에서 간혹 옳은 소리 있었다면 그냥 헛소리라 읽어주기를 바라마지 않는다. 암튼 김진숙의 방식에 기대어 나의 방식으로 혼자 어수선하게 떠든 것 같다.

11.

잠깐, 김진숙 시인을 어디서 만났을까? 몇몇 시인과 함께 원주의 어느 족발집에서 만났을 것이다. 그 자리의 낮술 때문이었겠지만 동석한 시인들 앞에서 필자는 불쑥 시는 결국 허무맹랑한 것이다, 그렇게 발언한 것 같다. 그러나 시는 허무하고 또 허망한 것일까? 그리고 또 어느 초가을 시인들의 회합 후 족발집 그 시인들과 함께 이번엔 원주 버스터미널 근처 호프집에서 이차를 했던 것 같다. 어떤 대화를 따로 나눈 것은 없지만 김진숙이 시의 곁을 떠나지 않을 것 같은 강한 인상을 받았다. 그후 그의 첫 시집을 읽었고 만 5년 만에 이번엔 그의 두 번째 시집 원고 출력물을 읽게 되었다. 김진숙은 시의 곁을 떠나지 않았고 시와 함께 살고 있었다. 가령, 늘품 사거리 버스정류장에서도, 저녁 식당에 파인애플 팔러온 청년의 등 뒤에서도, 두부찌개 끓이며 저녁 준비할 때도, 서유럽 여행 중에도, 카페에서 김수영 전집을 읽을 때도 심지어 설거지할 때 그 젖은 손을 툭툭 털 때도 말이다.

그렇다, 시인은 무엇보다 절필하기 전까지 지속적으로 시를 제출해야 한다. 시인은 손님이 없어도 가게 문을 닫지 않고 문을 활짝 열어야 놓아야 하는 자영업자 1인의 심정과 같을 것이다. 시인은 모든 것에 대해 마음을 열어야 한다. 그 마음이 나의 마음이든 너의 마음이든 '나의 방식'으로 끌어당기고 '나의 방식'으로 잡아당겨야 한다. 시도 시인도 시적 화자도 어쩜 독자도 그냥 그렇게 혼자 서 있을 것이다. 저 십일월의 '어떤 하루'처럼 말이다.

> 저수지에는 햇살을 받아 퍼지는 윤슬이
> 부드럽게 반짝이고 있었다
>
> 가장자리에서 가운데로 물결 스치며
> 새떼들 날아갈 때
> 저수지에 잠긴 산 그림자가 순간 출렁거렸다
> 마치 하나로 연결된 줄을
> 누군가 잡아당기는 것처럼
>
> 나는
> 한꺼번에 비어가는 십일월 풍경 속에
> 그냥 서 있었다
>
> 오래 기억할 수 없는 하루다   - 「어떤 하루」 전문

필자의 방식으로 마무리할 때가 되었다. 김진숙 시를 핑계삼아 혼자 북 치고 장구를 친 것 같다. 이 신작 시집은 일독을 권하지만, 필자의 발문은 그냥 읽고 휙 던져버리길 바란다. 시의 앞에는, 시의 뒤에는 아무것도 없다. 아무것도 없

어야 한다. 독자도 해설자도 발문자도 지인도 심지어 시인도 없어야 한다. 시는 혼자 있을 때 빛나는 것이다. 시인도 혼자 있을 때 빛나는 것이다. 시도 시인도 외로울 수밖에 없다. 어려운 말이지만 시는 시가 아닐 때 빛나는 것이다. 시인도 시인이 아닐 때 빛나는 것이다. 그래도 또 어떤 외로움은 남을 수밖에 없다. '버스를 기다리며 시를 생각'하고 '붉은 꽃을 단 노인을 보며 시를 생각한다'(「시」)는 시인이여! 축!

12.

앞에서도 말했지만 이번 시집의 대부분은 '나의 방식'에 의한 김진숙의 '삶의 기록'인 셈이다. 눈앞의 꽃이든 여행길이든 반려묘든 매일 마주치는 삶이든 누구의 방식이 아니라 '나만의 방식'으로 보고 듣고 인식하고 또 보고 듣고 인식한 것을 기록한 곧 '김진숙만의 방식'이 되었다. 그것은 곧 그만의 문법이 되었고 그만의 문체가 되었다는 뜻이다. '나만의 세계'를 가졌다는 뜻이기도 하다. 필자는 시를 대체로 급하게 읽는 편인데, 이번엔 천천히 읽을 수밖에 없었다. 이제 발문 쓰는 자의 배역을 마칠 때가 되었다. 김진숙 시인이 복잡한 심사에 사로잡히면 북극 언저리 사람들처럼 긴 막대기 하나 꽂아놓고 오듯이, 또는 태장동까지 걸어가 아메리카노 한잔 마시고 돌아오듯이, 그렇게 또 시를 썼으면 좋겠다. 이 발문도 그렇게 썼으면 좋았을 텐데, 필자는 긴 막대기 하나 꽂아놓지 못했고 아메리카노 한잔 마시지도 못한 것 같다. 멀리서나마 건필하기를 빈다.

나의 방식

2023년 7월 2일 초판 1쇄 인쇄
2023년 7월 7일 초판 1쇄 발행

———

지은이 김진숙
펴낸이 강송숙
디자인 디엔더블유
인 쇄 디엔더블유
펴낸곳 오비올프레스

———

ISBN 979-11-89479-10-7

———

출판등록 2016년 9월 29일 제419-2016-000023호
주   소 (26478) 강원도 원주시 무실새골길 52
전자우편 oballpress@gmail.com

———

이 시집은 강원도, 강원문화재단 후원으로 발간되었습니다.